간밤에 나는 악인이었는지 모른다

정덕재

시인의 말

벽에 박힌 못과 책상 앞 의자는 옷걸이였다. 벽에 못을 박은 지 오래됐다. 시가 옷걸이 정도만 되어도 좋겠다. 함부로 구겨지는 세탁소 옷걸이의 운명 혹은 슬픔일지라도, 매달린 삶은 늘 위태롭기에.

2019년 10월

정덕재

간밤에 나는 악인이었는지 모른다

차례

2부 늦어도 좋아 봄밤에 만나

3부 숲이 깊어지면 나무의 걱정도 깊다

4부 침침한 것은 눈 때문이 아니라

해설

1부

세월은 아침이 돼도 오지 않아

보스턴오뎅

보스턴 레드삭스에서 월드시리즈 우승을 경험한
베이브 루스가 1920년 뉴욕 양키스로 팔려 간 이후
뉴욕 양키스는 여러 차례 월드시리즈 우승을 하며
명문 구단으로 발전했다 반면 보스턴 레드삭스는 베
이브 루스가 떠난 이후 수십 년 동안 우승과 거리가
멀었다 이른바 밤비노의 저주*라 불린다

베이브 루스가 보스턴을 떠날 때
포장마차 앞에서
오뎅을 씹으며
저주의 주술을 외웠다
보스턴오뎅이란 간판을 내건
엄사면 유동리 변두리 술집에서
나는 술잔을 들며
100년 전 베이브 루스가
오뎅을 먹을 때
간장을 찍어 먹었는지
그냥 먹었는지 궁금해졌다

대한민국에서
부산오뎅만 먹다가
오래 살다 보니
보스턴오뎅도 먹어본다는
늙은 아저씨의 진지함에
국물의 염도는 더욱 진해졌다
술기운과 함께 불어터진 오뎅은
부산과 보스턴을 이어주며
열강이 드나들던 근대의 맛을
알려주고 있다

* 밤비노는 베이브 루스의 애칭이다

냄비받침의 역할

하드커버로 제작한
첫 번째 시집 『비데의 꿈은 분수다』가
냄비받침이 된 적이 있다
직접 목격하지 않았지만
표지에 남아 있는 둥그런 자국 하나로
냉철한 의심을 던졌다
그 누구도 라면 냄비를 올려놓았다고
진술하지 않았다
그 누구도 된장찌개를 올려놓았다고
실토하지 않았다
책꽂이에서 먼지 쌓인 시집이
식탁 위에 나온 것만으로
감사한 일이 아니냐고 묻는 이가
혐의를 받기에 충분하다
시집 표지에 인쇄된 둥근 디자인을 보면
청국장 된장찌개 김치찌개가
보글거린다
냄비받침 시집은

언어의 그릇으로
마침내 따뜻한 생명을 얻었다

시카고치과 가는 길에 서독안경점 주인의 고민

서울내과 옆
강남성형외과 아래 1층에서
서독안경점을 운영하고 있는
충남 부여 출신 박광식 씨는
간밤에 고향 친구들과
조개구이를 먹다가 잘못 씹는 바람에
금으로 때운 이빨이 흔들렸다
술자리에서 조개보다 더 관심을 가진 화제는
서독안경점 간판을 바꾸는 문제였다

영필이는 독일이 통일된 지가 언젠데 아직도 서독
이냐며 타박을 하고 수영이는 동독 출신이 보면 기
분 나쁠 것이라 말하고 고향 사랑이 부족하다며 부
여안경원이 어울린다고 규칠이가 말하는 순간 광식
이는 조갯살에 붙어 있는 단단한 껍질을 씹었다

부여보다는
백제가 더 광활하다는

영필이의 말에
백제안경원을 되뇌다가
신라 지역 사람들은 손님이 아니냐고
따질 게 분명한 수영이의 얼굴과
통일 조국을 생각하며
고구려안경원도 고려해 보라고 할 것 같은
규칠이의 얼굴이 어른거린다
고개는 자꾸만
안경점 간판을 향하고
걸음은 시카고치과로 가는 길
백제 유민 박광식 씨의 발자국이
여기저기 흩어지고 있다

1235를 아시나요

내 비밀을 알려줘
복잡한 내 비밀을 알려줘
어제 바꾼 비밀번호가 생각나지 않아
내가 나를 몰라
1234567로 하면 쉽게 알까
1234568로 바꾸기도 했지
언젠가부터
영어를 섞어 쓰고
느낌표 같은 구호를 함께 쓰라는 요구를
복종하며 복잡한 비밀을 만들었지
늘 쓰던 인터넷 메일 번호도 생각나지 않아
거기까지는 괜찮아
견딜 만하지
참을 수 없는 것은
주점이 있는 상가 화장실 앞이지
#1234#
#1234*
*1234#

1234

술 취한 화장실 앞에서

숨을 고르며 집중력을 발휘하지만

다시 돌아와 주인에게 묻곤 하지

찔끔 새어 나오는

전립선의 50대는

죄짓고는 살아도

비밀번호 모르고는 살 수 없는 법

당신의 비밀을 알려줘

너무도 어려운

1235

내 이름은 택배물품

현관문 앞에서
쭈그려 앉아 있은 지 일곱 시간째
아직은 손님이라 빈집에 들어가지 못하고
겨울에는 밖에서 떨곤 하지
여름에는 젖을까 땀을 흘리지 못하고
아파트 경비실
아니면 현관문 밖에서
하염없이 주인을 기다리지
때로는 운명처럼 만나지 못하고
반품이 되는
내 이름은 택배물품이야

문을 두드리거나
초인종을 누른 뒤
반가운 인기척을 들었던 적이 언제였는지 기억나
지 않아
경비실은 기다림이 넘쳐 더욱 쓸쓸해
외로움을 들키지 않는 현관 밖이 더 좋아

이제 문을 두드려도

대답하지 않아

초인종을 눌러도 열어주는 이가 없어

문밖에서 설렘으로 기다렸던

세월은

아침이 돼도 오지 않아

개와 인간

"인간을 반려자로 정한 개의 선택은 탁월했습니다. 요즘은 인간의 똥을 먹어 치우는 게 아니라 자신의 똥마저 인간들이 알아서 치우도록 인간을 훈련했으니 말입니다." 서울시립과학관 이정모 관장의 칼럼을 읽다가 문득 개 앞에 선 나를 본다

긴 끈에 이끌려가던 한 인간이
잠시 멈춘 반려견의 똥을 보고
좌우를 살피더니
빠른 걸음으로 지나간다
기저귀를 채우고 나오던지
나는 혼잣말을 중얼거렸고
갓 나온 똥 덩이를 보며
커피가 들어 있는 종이컵을 들었다
그윽한 주말 아침이다
나는
전후좌우의 시선에도 보이지 않는 투명인간이다

입술에 닿는 잔

주방 선반에
여러 개의 컵이 옹기종기 모여 있는 가운데
주둥이가 얇은 컵에 유난히 손이 간다
입에 대는 촉감이
컵마다 달라
입술에 맞는 컵을 찾는다
닳아버린 컵의 가장자리
더 얇아져
자꾸만 손이 간다
두꺼운 컵은 더 두꺼워지고
얇은 컵은 더 얇아져
각각의 체형으로 늙어가는 중
그들은
가끔 스스로 손잡이를 돌려
마중을 나온다
나는 반가운 마음에
눈을 감고
입술을 내민다

주비와 거미의 노래 지워지지 않는
1을 들으며

고백이 1이면
응답은 0이다
질문이 1이면
대답은 0이다
반성이 1이면
용납은 0이다
분노가 1이면
화해는 0이다
슬픔이 1이면
치유는 0이다

1과 0 사이에서
남아 있는 상처와
어긋난 갈등은
오랫동안 지워지지 않는 1이고
전쟁을 걱정하는 초병의 부동자세다
영원히 0이 될 수 없는 부재중
당신을 그리워하는 1은

저려오는 가슴을 달래느라
끝내 고개를 들지 못하는 묵념이다

시골 읍내에서 횡단보도 신호 바뀌기 3초 전

뛸까요
말이 끝나기 전에 뛰는 사람 1은 살았고
신발 끈을 매려고 허리를 숙였다가
다시 뛴 사람 2는
트럭에 부딪혀 십오 미터 전방에 떨어져 죽었다

뛸까요
말을 하면서 먼저 뛰는 사람 3은 살았고
비가 와도 뛰지 않은 사람 4는
빗길에 미끄러진 수입차와 충돌해
공중을 한 바퀴 돈 다음 피를 흘렸다

뛸까요 말까요
결정장애로
머뭇거린 사람 5가
건너편에서 뛰어오던 중
자동차를 포옹하는 사람 6을 목격했다

3초 사이에 여럿이 죽는다
점심상을 마주 보며 먹던 직전의 사이가
도로에서 부서지고
길을 건너간 뒤라
죽는 사람을 보지 못하고 길을 걷는 이도 있다

콩나물국밥을 먹으며

아침 6시 15분
그쯤이면 새벽인가
콩나물국밥을 기다리는 사내 셋은
깍두기와 김치를 먹으며 사람 얘기를 한다
취기에 오른 남녀 두 명은
철 지난 남자와 여자의 이름을 들춰가며
소주 한 병을 더 주문한다
탁자 위에는 세 개의 술병이 나란히 서 있다
나는 지난밤의 술자리를 복기하며
뜨거운 국물을 식히고 있는데
착한 사람과 악한 사람에 대해 떠드는
한 사내의 입에서 밥풀이 튀어나왔다
빈 잔을 내려다보는 여자는
남자의 손을 잡으며 술병을 건네고
한 손에는 술병을
다른 한 손으로 여자의 손을 잡은 남자는
식기 전에 밥을 먹으라고 말한다
사내들 가운데 묵묵히 말을 듣고 있던 하나가

계산대로 성큼성큼 걸어가

조용한 목소리로 자기가 먹은 밥값만 내겠다고 말
한다

여자는 한참 전에 식은 국물을 뜨며

반투명의 눈물 한 방울 떨어뜨리고

남은 사내 둘은

악인들에 대한 수다를 이어갔다

간밤에 나는 악인이었는지 모른다

우측상단

컴퓨터 모니터 우측상단 구석에는
엑스신이 굽어보고 있다
누군가 애써 만든 자료를
5초 만에 복사해
천의무봉의 도용을 흐뭇해할 때
개봉 일주일도 되지 않은 영화를 보면서
낄낄댈 때
자판 위에 손을 올려놓고 음흉한 상상을 할 때
삭제와 보관의 눈치 보기로
시간을 끄는 동안에
엑스신의 심판을 기다린다
쉽게 쓴 글을 보며
저장을 눌러야 할지
지워야 할지
잘라버려야 할 것을
자르지 못하는 건
엿장수 맘대로 치는 가위 탓이 아니라
무뎌진 정신 때문이다

엑스신이 보고 있다

바람을 품은 사내

횡단보도를 다 건너지 못할 것이다
마음이 급해도
걸음은 옮겨지지 않는다
지금 출발하기에는 이미 늦었다
마음은 떠났어도
다리는 떨어지지 않는다
하나 둘 셋
하나 둘 셋
마음속으로 숫자를 세어보지만
아직 하나를 시작하지 못했다

거친 사막을 견뎌온 사내
세상을 휘젓던 사내
소주 다섯 병을 마시고
새벽처럼 일어나
바람처럼 달려가던 사내
먼저 떠난 여자가 그리워
밤늦게 울던 사내가 풍 맞았다

바람은 더 이상 걸음을 옮기지 못한다
한 번 멈춰선 바람은 방향을 찾지 못하고 있다

연말에 술 마시기 좋은 날을 찾는다면

24일은
성탄 전야의 경쾌한 캐럴에 묻혀버리고
25일은
크리스마스 휴일의 늦잠에 게으른 아침을 맞을 테고
26일은
해를 넘기는 급한 발자국에 자칫 넘어질 수 있고
발자국이 더욱 빨라져 숨이 턱에 걸릴 것 같은 27일
을 지나
28일은
빈 주머니만 뒤적거리고
29일은
송년회 술잔이 무거워 빨리 비워낼 테고
31일은
마지막 송년회 기억나지 않는 30일의 술잔을
망각의 세월로 보낸다

오늘과 내일의 차이는
아침마다 가는 익숙한 화장실

변기 위 긴 명상이냐

신속한 설사냐

지극히 평범한 날들 가운데

12월 23일부터 31일 사이에

술 마시기 가장 좋은 날을 고르라면

나는 23일이지

분배의 정의

머리카락이 추풍낙엽의 시대를 맞으면서
수염을 기르기 시작했다
얼굴에 대한
시선의 합리적 분배를 위해
얼굴을 바라보는
상악과 하악의 관상을 위해
거울의 안녕을 위해
나는 날마다
머리를 쓰다듬기 전에
수염을 어루만진다

2부

늦어도 좋아 봄밤에 만나

미스 김에게 보내는 편지

미스 김
어느새 늙어 미시즈 김이 되었군요
멋진 미스터를 만나
꽃 같은 날들을 보낸 줄 알았는데
당신의 눈물에
꽃물이 밴 것은 긴 세월 탓이겠지요
타자기 앞을 떠난 지 오래됐지만
자판의 자음과 모음은
눈을 감아도 떠오른다는 얘기를 들었어요
사월 말에 피는 라일락이
오월 중순이 되도록 피지 않아 걱정했어요
앞으로 더 늦어진다는 말에
잠시 멈칫했어요
미스 김이 미시즈 김이 되고
그랜드마더가 됐으니
꽃이 늙으면
피는 것도 늦어진다는 걸 알았어요
그래도 내 마음속에는

여전히 나풀거리는

미스 김이에요

고마워요 미스 김 라일락*

늦어도 좋으니

여름 오기 전

분 냄새 나는 봄밤에 만나요

* 해방 이후 미 군정 당시 군정청 소속 식물 채집가 엘윈 M. 미더(Elwin M. Meader)가 서울의 산에서 자라고 있던 작은 라일락의 종자를 채취, 미국으로 가져가 개량해 '미스 김 라일락(Miss Kim Lilac, Syringa patula "Miss Kim")'이라는 품종을 만들었다고 한다. 당시 식물자료 정리를 도왔던 한국인 타이피스트 미스 김의 성을 따서 꽃 이름을 붙였으며, 이후 우리나라에 수입되어 관상식물로 키우고 있다.

사랑

비바람이 몰아치는 날
사랑을 밖에 세워두었더니
늦은 저녁 뚝 떨어진 기온에
사랑은
이빨 부딪히는 소리가 들릴 만큼 떨었고
아침에 일어나 살펴보니
구르는 받침이 어디론가 사라져
사라
사라
팔고 사는
자본의 사랑이 되었다

계면활성제

물과 기름 사이를
한 몸으로 만드는
계면활성제
중심과 변방의 바깥이 아니라
마주 보는 경계에서
두 손을 잡게 하는 혁혁한 조력자라면
우리의 사랑에도
계면활성제가 필요하다
오지 않는 그대와
기다리는 나 사이에
똠방똠방 떨어지는
한두 방울로
하나가 될 수 있다면
당신의 핸드백과
내 주머니에
휴대용 계면활성제를 가지고 다닐 일이다
사랑은 늘 화학적이라서

그녀였다

차에 타기 전
급하게 뜬 두 숟가락의 밥이 얹힌 줄 알았는데
제한속도를 넘긴 버스 기사의
거친 운전으로 속이 울렁거리는 줄 알았는데
차에서 내려
차 안을 바라보았다
손가락 빗질로 머리칼을 넘기는
거친 손마디에서 흔적을 발견한 것은 아니었다
옆모습을 보는 순간
닦지 않은 액자처럼
뿌연 유리창 속에
그녀가 있었다
첫사랑의 상처를 달래준
세 번째 사랑이
깊은 멀미로 남아
떠나가는 버스를 본다
잊고 지냈던
두 번째 사랑이 떠오른 것은

사랑의 연속성과
모든 사랑은 첫사랑이기에
기억은 늙어도
퍼즐로 맞추는 잔해들은
각자도생으로 빛나고 있다

장미

장미꽃보다 아름답다고 말하는 사내들은
모두 거짓말쟁이야
장미 가시 같은 성격의 소유자라고 말하는 사내는
가시에 찔려도 좋을 만큼
솔직하고 용기 있는 애인이야
봄에 핀 장미가 늦가을까지 가는 걸 본
한 정원사는
장미도 사군자의 덕목에 포함될 수 있는
절개의 꽃이라고 외쳤지
연애편지를 쓰면서
첫 줄에 장미 같은 여인에게 라고 쓰지 않고
당신을 보면
장미 가시가 생각난다고 쓰는 사내가 있을까
오월의 장미는
뜨거운 유월의 햇빛을 받고
칠월의 장맛비에
더 무성한 팔월의 장미로 피어나고
구월의 장미는

단풍에도 아랑곳하지 않고
시월의 장미는
십일월의 장미로 꽃잎을 연다

첫눈 올 때 피어 있는
장미는
겨울을 기다리는 꽃이고
가시는 겨울의 꽃이다

구술녹취의 선입견

나는
골목이 사라진 이후
생선 굽는 냄새 나지 않고
주머니에서 부딪히는
한 주먹의 구슬 소리가 들리지 않아
아쉽다고 말했다
주차 금지 표지판과
걸어서 넘기에 숨 가쁜
해발 4미터의 과속방지턱이
서운하다고 말했다
골목 벼람박에
좋아하는 여자아이 이름을 몰래 쓰던 백묵과
무궁화꽃이 피었습니다를 외치던 시절이
그립다고 말했다

여든다섯 박창규 할아버지는
한 번도 살아본 적 없는
외풍 없는 아파트에 살아

지금은 여한이 없다고 말했다
숨 참다가 숨넘어갈 뻔한 시절이
지긋지긋하다며
냄새 없는 훈훈한 화장실에서
잠이 든 적이 있다고 말했다
시도 때도 없이 찬물 따뜻한 물
마구 쏟아져
따뜻한 손으로
칠십 년 전 만났던 윤팔례의 손을
꼬옥 한 번
잡고 싶다고 말했다

나무의 고백

누군들 고백하고 싶은 고백이 없으랴
길 가는 이가 툭툭 치거나
술 취한 사내가 뜨거운 오줌발로 화상을 입히거
나
사정없는 가지치기로 신음이 길어지거나
오랫동안 흔들려
마음 한 자락 어지럽게 꿈틀거릴 때
고백의 용기가 솟는 법
바람이 멈추지 않는 시간은
절묘한 타이밍이다
바람의 파동에 날려 보내면
나무의 육성이 메아리쳐
이 나무에서 저 나무로 울려 퍼질
통성기도의 고백
밤이 잠들지 못해
늘 가수면으로
새벽을 맞는 숲
옆으로 뻗지 못하는

직립의 고립 속에서
나무는
단 한 번의 고백도 할 수 없고
숲은 고백을 듣지 못한다

글쎄, 꽃마중은

겨울이 제법 추웠던지
마음이 얼었던지
일주일이나
열흘 남짓 참지 못해
관광버스에 몸을 싣고
남녘으로 가면서
소주 냄새 풀풀 풍길 필요가 있는지

제때 피는 언덕에
눈길 주는 것도 벅찬데
지는 꽃잎
돋아나는 새순 바라보기에도
눈이 시린데
뭘 그리 달려가
꽃 지랄을 떨어야 하는지

꽃 마중 가는 길에
속도를 내는

걸음이

갑자기 얼어붙고

꽃잎이 웅크리는 이유는

불편한 소동이

불편해서다

오래됐지만 구겨져 버려질 것 같은
연애시 1

가만히 앉아 당신의 이름을
속삭이면
어느새 당신은 내 안으로 들어온다
연애시의 고정관념을 벗어나면
당신이 내 안으로 들어올 수 없을 것 같아
여전히 뻔한 번민의 밤을 보내며
한 발짝도 나아가지 못하는 늪에서 허우적거린다
컴퓨터가 등장한 이후
쓰지 않는 원고지를
통속의 장면처럼 구겨버리고
연애의 방향을 묻는다
내 안에 당신이 없고
당신 안에 내가 없어
우리의 사랑은
항상 어긋나는 골목의 숨바꼭질이다
연애시의 고정관념을 벗어나면
사랑이 멀어질 것 같아
여전히 시든 언어로

50

꽃을 칭찬한다
청춘은 푸르렀지만
연애시는 오래전에 낡은
중년의 모자가 되었다

오래됐지만 구겨져 버려질 것 같은
연애시 2

연애시 한 편 쓰지 않은 이유는
원고료를 주지 않아서
연애편지 한 장 쓰지 않은 이유는
마감이 없는 투고라서
연애시 한 편 쓰지 않은 이유는
어설픈 시인의 존재가 발각될 것 같은
불안감이 밀려들어서
연애편지 한 장 쓰지 않은 이유는
우체통에 넣을 수 없는
빈약한 새가슴이라서

사랑이 글로 쓰인다면
사랑은 머무르지 않지

3부

숲이 깊어지면 나무의 걱정도 깊다

납세자로서 인간

주민세 고지서를
한참 동안 바라보는 것은
생명을 알아가는 깊은 사유다
고지서를
액자에 넣어 걸어 놓고
주민을 벗어나는 방법과
국민의 무게를 벗어나는 묘안을
면벽 수행하며 찾을 일이다

존재가
세금이다

소비자로서 인간

종갓집 숙부가
출산율을 걱정한다
구순의 할머니는
손자며느리가 아이를 낳지 않는다며
한숨을 십 리 밖까지 내쉰다
뼈대 있는 가문보다 자손을 귀하게 여기는 건
소비자가 줄어든다며 걱정하는
자본가들이다

존재가
소비다

음주자로서 인간

음주인간과 함께 길을 걷다가 석 달 전까지 자주 가던 술집 주인을 만났다 퇴근 후 거의 매일같이 술집에 출근하는 음주인간을 보며 활짝 웃는다 주인은 어쩔 수 없이 금주인간이 된 나를 소 닭 보듯 했다

세상에는 술 마시는 사람과 술 마시지 않는
두 종류의 인간이 있으나
적어도 술집 주인에게
진정한 사람은 음주인간이다
세상에는 카스와 하이트 맥주만 있는 줄 알았으나
대량으로 들여오기 시작한
수입 맥주 덕분에
편의점을 찾는 음주인간의 발걸음은 경쾌해졌다
세상에는 소주를 마신 다음에
맥주를 마시는 구별의 음주가 있었으나
소주와 맥주를 황금비율로 섞는 조제법이 등장하면서
융합의 음주인간이 폭발적으로 증가했다

음주로 인한 사회적 소비를

　우려하는 목소리도 있지만

　인간의 종류는 바뀌지 않고 있다

　술 마신 다음의 키스가 더욱 달콤하다는 이유와

　혼자 드는 술잔에 고독이 헤엄치고 있다는 설명과

　절망의 깊이를 알 수 없어 술병을 들여다본다는

해석은

　금주인간이 터득하기 어려운 세계를 만들어내고

있다

　음주는 존재의 설득과 관용

　혹은 화학적이라서

성격이 바뀐 나무

잎이 낙엽이 되는 건
나무와 멀어질 때가 됐기 때문이다
겨우내 붙어 있다
늦은 봄에 떨어지는
잎새들은
강력본드의 진액을 보유한 내공의 소유자들이다
바람보다 가벼워
외롭게 뻗어 있는 가지 중간 어디쯤에
끝까지 붙어
두런거리는 밤
사실은 백색소음이 아니다

떨어지는 잎들은
사회성이 떨어진다며
뒷담화를 열심히 하는
낡은 목숨들
모든 나무와 잎이 무던한 성격을 가진 것은 아니다
하루에 5센티미터씩

빠르게 번식하는 넝쿨 식물에
시달린 나무는
가지가 휘어버린 나무들은
하늘로 오르지 못하는 나무들은
스스로 착한 성격을 베어낸 지 오래다

나무의 걱정

바람을 그리워하는 잎과
바람이 비껴가기를 바라는 잎이
한 가지에 매달려 있어
때때로
나무는
싹둑싹둑 자르는 톱질을 기다린다

몸통만 남는다
팔이 떨어져 나간 나무는
가려운 제 몸 하나 긁지 못하고
바람의 방향조차 가리키지 못하고
수직의 시간 속에서
겨울을 떨며 지낸다

추운 날에도
새순을 내밀고 싶다
유난히 몸이 가려운 날에는
밀쳐내고 싶은 충동이 커지지만

삼십 년 넘게 날씨를 예측해온 습관으로
따뜻할수록 몸을 움츠린다

더 늦게 일어나고 싶은 날엔
새벽을 지나는 산책꾼이 반갑지 않고
밤새 잠들지 않은 산비둘기
며칠째 목쉰 고라니
멀리 이사 가길 바랄 뿐이다
숲이 깊어지면 나무의 걱정도 깊다

분노의 꾸지뽕

자작나무 숲에서 하얀 울음이 운다
대나무 숲에서 옷깃이 서걱거린다
푸른 향기를 뿜어내는 소나무 숲에서
나무들이 자란다
고전 명시의 한 귀퉁이나
낭만 소설의 작은 배경으로 출연하지 못하는
꾸지뽕나무는
한 번도 당당하게 이름이 불리지 못했다
양반 체면에
뽕이라는 말을 올리는 입이 부끄럽다는 무리들이
세상 가득 득세하면서
자작나무 대나무 소나무는
울창하다
울창하다

솔솔 바람이 불고
자작자작 수위가 낮아지고
대나무가 대끼놈 하는 옛날이야기가 3대째 전해

지면서

　꾸지뽕나무는

　개명의 욕망이 꿈틀거린다

　호명하는 나무의 무리에 섞이지 못하는 동안

　울퉁불퉁 맺힌 분노는

　시뻘건 눈으로 커져

　멀리 아주 멀리

　붉게 물든 숲을 바라본다

낙하산이 없는 바람

바람은 불다가
부서지며 생애를 마감한다
이십오 층 아파트 벽에 부딪혀
산산조각 떨어지는
바람의 절망이
걷는 사람들 위로
삼월의 우박처럼 떨어지고 있다
낙하산 하나 없는 바람은
뇌진탕으로
방랑의 삶을 날려버린다
바람이 심하게 부는 날
아파트 외벽을 보면
파편으로 흩날리는
바람의 사고사를 목격할 수 있다
스스로 곡소리를 내는
바람의 죽음은
늘 타살이다

고독한 벌목

솎아낸다
옆자리 뒷자리 친구들이
하나둘 사라지면서
바람길은 넓어졌고
무장해제 된 숲은
허술한 성벽이 됐다

해보다 밝은 달이
벌목의 빈자리를 비춰도
그루터기에 앉는 건
뿌리의 탄식
고독이 외롭지 않을 때까지
몇 년을 기다려야 할까

모두의 숟가락

얼마나 많은 입을 드나들었을까
식당에 앉아
밥상 위에 올려진 숟가락을
들었다 놓았다 반복한다
누구의 입이 즐겁고 기뻤을까
밥 한술 밀어 넣고
내장 깊숙한 곳에서 올라온
눈물을 받아낸 적은 몇 번이나 있었을까
숟가락을 들면
호구지책이라는 말이
입안에 맴돌고
그릇에 부딪히는
차가운 금속성 굉음은
밥알의 아귀다툼으로 퍼진다
얼마나 많은 입을 드나들며
설화를 입었는지
하품하는 식당 주인은
귀동냥을 하면서

상처 난 숟가락의 이야기를 얼마나 기억하고 있는지
젓가락은 반쯤 알고 있는 눈치다

장례식장 육개장을 먹으며

산 사람은 살아야 한다고
말하면
죽은 사람은 죽어야 하느냐
잊지 못해
잊히지 않는
떠나지 못한 영혼이
육개장 안에 풍덩 빠져 있는데

산 사람은 살아야 한다고
말하지 말고
죽은 사람 살려내야 한다며
육개장 웅덩이에 지푸라기라도
내려보내야 하지 않는가
썩은 동아줄을 잡은 십 분 남짓의 기억이 흔들려
차마 맛있다는 말을 하지 못했다

바른 자세와 삐딱한 자세

바른 자세로 앉으면 불편하다
삐딱한 자세로 앉으면 편안하다
바른 자세를 기억하는 뼈와 근육이
수시로 삐딱한 자세를 간절하게 원한다
바른 것은 관념이고
삐딱한 것은 무의식의 습관이다

프랜차이즈 식당 바르다 김밥에 가면
바른 자세로 시작해
삐딱한 자세로 그릇을 비운다
등을 기댄 의자는 시간이 지나면서
서서히 해방되고
의자의 물성이 바뀌지 않는 이유 중 하나가 자세다

혈압계를 찾으며

아침에 일어나자마자
혈압을 잰다
저녁에 퇴근하자마자
아침에 어디에 놓았는지 알 수 없는
혈압계를 찾는다
고혈압 수치의 경계를 넘으면
다시 재고 평균 수치가 나오면
안도의 숨을 쉰다
사흘째 정상을 유지하는 혈압을 보며
약을 먹지 않는 어설픈 상념에 잠긴다

핏줄 밖으로 튀어 나가고 싶은
격정의 피를
달래면 달랠수록
고름의 피는 썩어간다
병목 현상을
막힌 혈관으로 진단하는 것은 오진이다
발버둥쳐 온 나이가 얼마쯤인지

가슴은 잊어도
심장은 요동치며 기억한다
살아 있는 모두가 환자라는 것을

웹 소설을 읽는 50대 시인

바람이 불었다
김 양의 치마가 화들짝 들렸다
김 대리의 가슴이 뛰었다
쿵쾅쿵쾅
백 미터 전력질주를 한 선수처럼
숨을 몰아쉬었다

인터넷에서 웹 소설을 읽으면
마음에 닿는 건
잔잔한 물결이 아니라
거친 파도다
일기예보도 없이 나타나는 파도라
당황스럽다

건너편에 앉아서 나물을 씻는
우리 누나 손등을 간질여 주어라*
오십 대 중년의 시인은
동요의 잔잔한 파장을 벗어나지 못한 채

거친 바다 위에서
파도에 밀려 휘청거린다

바람이 닿는 곳은
새의 날개와 시인이 가슴이 아니라는 걸
불어오는 바람이
풀만 눕히는 게 아니라는 걸
컴퓨터 모니터는 단언하며 보여주고 있는데
깜박거리는 커서는 규칙적이고 호흡은 불규칙하다

* 동요 「퐁당퐁당」

시어는 없다

시어詩語는 없다
착취는 자본의 근본이고
억압은 권력의 뿌리이고
소외는 우월적 현실의 지붕이고
싸움은
바위와 달걀의 대결
죽음의 피가 물든다

시어는 없다
갈등은 피할 수 없는 충돌의 열차이고
상처는 마르지 않는 눈물의 염전이고
상실은 한주먹도 담을 수 없는 해진 주머니이고
분노는
삶을 지탱시키는 원초적 에너지
효험 가득한 마음의 주문이다

시어는 있다
당신의 이마

당신의 입술
당신의 떨리는 목젖 위로 흐르는
따뜻한 기운은 뛰는 맥박이고
당신의 발목에서
은밀히 숨어 있는 푸른 혈관은 빨간 은유다

시어는 없다
잉여는 자본을 살찌우는 거름이고
파괴는 갈라지는 마음의 오래된 가뭄이고
모든 시어는
길이 십 미터를 넘는 한숨이며
불투명의 눈물로 시작해
투명한 슬픔으로 마침표를 찍는다

약 치는 풍경

잔디밭에서 잔디 이외는
잡초다
모두 제거 대상의 풀이다
풀을 손으로 뜯으면
풀풀거리는 향기가 숨 깊이 들어오고
예초기나 낫으로 풀을 베면
서걱거리는 풀의 비명이 들려온다
잔디밭에 있는 풀은
고추밭에 풀약 한다며
농약 통을 질질 끌고 오는 옆집 할머니의
발걸음에 긴장을 한다
평생 짊어지고 살아온 약통의 무게를 감당하기에
허리가 너무 굽었다
윤기 나는 잎새는
독야청청 푸르고
약주는 할머니의 허리는
땅을 향해 꺼져가고
풀은 악귀와 같아

풀 한 포기 자라지 않는 밭은
할머니의 푸근한 위안이다
약 냄새 진동하는 텃밭의 가장자리에
노을빛이 내려앉아도
깊은 밤이 왔어도 황혼은 지지 않는다

학살의 골령골*

녹슨 탄피가 허물처럼 남았고
70년 만에 만난
삽질의 날은
반가웠다
따뜻했다

모든 살들은 흙이 되어 살았고
유골은 증거로 살아남았다

* 대전 산내 골령골은 한국전쟁 당시 대전형무소 재소자 등 민
간인 상당수가 법적 절차 없이 집단으로 처형된 곳이다. 7천여 명
이 숨진 것으로 알려지고 있다.

4부

침침한 것은 눈 때문이 아니라

시의 비만을 줄이는 식이요법 1
— 상석하대上石下臺

아침에 일어나
점액질의 뮤신이 가득한 마와
식욕을 당기는 붉은 토마토를
믹서기에 넣어 갈아 마신다
점심에는 현미밥 도시락을 열고
밥 한 숟가락을 삼십 번씩 씹는다
밥을 먹으면
배가 부른 게 아니라 턱이 아프다
끓이지 않은 청국장을 반찬 삼아
양념 없는 날것에 길들어진 어느 날
30년 넘게 써 온
시 쓰기의 식이요법이 후다닥 밀려왔다
동맥경화에 걸린 문장과
고지혈증에 걸린 낱말과
분노수치가 높아지는 고혈압의 수식어들이
행간을 흐느적거리며 걸어 다니는 걸
나만 모르고 있었다
아랫돌 빼서 윗돌 괴고

윗돌 빼서 아랫돌 괴는
문장의 돌멩이들이 굴러다니는 동안
지병과 같은 악행이 거듭되고 있었다는 걸
나만 모르고 있었다

시의 비만을 줄이는 식이요법 2
― 청잣빛 하늘

중학교 2학년 맨 처음 쓴 시의
첫 줄은 청잣빛 맑은 하늘로 시작했다
청잣빛 맑은 하늘에
구름이 떠 있는 날
어쩌면 구름이 흘러간다고 했는지 모른다
떠 있는 것과
흘러가는 차이를 알지 못했던 시절에
떠 있어도 괜찮았고
흘러가도 뜻은 달라지지 않았다
40년 세월에서
하늘을 바라본 시간은
청자를 구워내는 기다림보다 매우 짧았다
청자 하나 제대로 감상하지 못했다
간송미술관 소장 전시회에 나온
청자상감운학문매병을 보는 시간에도
청잣빛 맑은 하늘에
도착하지 못했고
그곳은 여전히 열리지 않는 빛깔이었다

시의 비만을 줄이는 식이요법 3
— 매듭의 시간

운동화 끈이 자주 풀어진다
하루에 세 번이나 끈을 다시 맨 적이 있다
허리를 숙여
헐거워진 운동화를 조이는 일에
집중을 했다
뛰는 데 벗겨질까
빠르게 걷는 데 불편할까
끈을 단단히 묶는 데 신경을 기울였다
늘 추적자의 긴장감으로 살아왔다
늦으면 뛰었고
속도를 내지 못하는 걸음과
어깨동무를 하지 않은 적도 있었다
신발 끈이 풀어지는 이유를 알기까지
오랜 시간이 걸렸다
끈이 풀어지면
걸음을 멈출 수 있었다
풀어진 매듭을 보면서
신발에 갇힌 발을 보았다

족저근막염을 앓는 내내
매듭의 시간을 알지 못했다

시의 비만을 줄이는 식이요법 4
― 샌드위치를 먹으며

아는 사람 셋이 샌드위치를 먹는다
양상추와 얇은 햄과
으깬 달걀을 마요네즈로 버무린
샌드위치를 먹는다
한입 베어 물고
단면을 물끄러미 바라본다
새어 나온 마요네즈와
양상추 조각들이
빵에 찍힌
선명한 이빨 자국을 감추고 있다
샌드위치를 먹으면서
식욕의 흔적을 본다
헐뜯고
모욕하고
비난하고
모략하는
입속의 도끼질을 본다
오늘은 세 개의 도끼질로

식탁은 산산조각이 났다

시의 비만을 줄이는 식이요법 5

— 튤립을 보며

튤립이 보고 싶으면
거울을 들고 간다
봄날의 튤립이 생각나면
거울 앞에 앉는다
한 무리의 사람들 속에서
튤립이 보고 싶으면
입을 벌린다
거울을 보면
환하게 가슴을 여는
꽃보다 아름다운
튤립이 피어난다
성대모사의 코미디도 필요 없이
튤립이라고 나직하게 소리치면
입술은
튤립으로 핀다
지고 피는 꽃잎이 그리우면
붉게 물드는 향기로
튤립

튤립
세레나데로 부르면
얼굴을 비추는 거울의 꽃을 만날 수 있다

시의 비만을 줄이는 식이요법 6
— 유언장을 작성하며

스물두 살 아들에게 수시로 유언장을 써서
이메일을 보낸다
게으른 녀석은 읽지 않는다

보증을 서지 마라
고기와 채소를 같이 먹어라
재활용품을 들고 나가라
음주운전을 하지 마라
약속시간에 늦지 마라
겨울에 길을 걷다가 넘어지면 다칠 수 있으니
손을 주머니에 넣지 마라
하지 마라와
해라의 비율을 적절히 섞으며
좌회전을 하기 전에 방향지시등을 켜라
좌회전을 하기 전에 깜빡이를 켜라
두 문장을 고쳤다 썼다 반복하느라
유언장을 마무리하지 못했다

방향지시등을 켜는 게 맞는지
깜빡이를 켜지 않아도 되는지
눈치 빠른 녀석이
혹시나 인생의 방향이 어디 있냐며
삭제해 버릴까
유언장의 수정 보완은
석 달 전에 멈추었다

신동엽 시비를 지나며

— 신동엽 시인 50주기를 맞아

1981년
시인 신동엽을 처음 만난 것은 돌로 된 시비였다
고등학교 문예부원 다섯 명이 간 부여 야유회
두툼한 뿔테 안경을 쓴 국어 선생은
신동엽 시비를 보고 오라는 한마디뿐이었다
우리는 두리번거리며
두 눈을 빤히 뜨고
신동엽이 누구냐는 눈짓을 보냈다
통기타를 들고 간 준표는 기타를 쳤다
눈이 맑은 창선이는 고개를 끄덕였고
강가로 달려간 재우는 호기심이 많았고
얼굴이 가물거리는 은수는 기억나지 않고
한 녀석이 백마강가에서 로렐라이 전설을 떠올리자
한 녀석은 삼천궁녀보다 시적이라고 말했다
무엇이 시적인지 알지 못하던 시절에
신동엽은 강물로 흘러왔다
맑은 소주 몇 잔 나누는 동안
기타 소리는 더욱 커졌다

내 고향 부여 백마강 다리를 지나면
시인 신동엽보다 먼저 떠오르는 것은
차가운 돌을 만나보라던
국어 선생의 한마디였다
사십 년 세월 속에서
돌은 따뜻해졌고
가슴은 식었다
신동엽 시비를 보면
시적이라는 말이 탑돌이 하듯 돌고
지금도 십 대의 꿈은 돌 곁에 머물러 있다

바늘이 있는 시계

바늘이 돌아가는 시계를 벽에 걸었다
의자 위에 올라
콘크리트 못을 쇠망치로 쳤다
두 번은 정확하게
세 번째는 빗맞으며
억지로 들어간 못은
벽시계에 자신을 숨겼다
바늘이 돌아가는 시계를 바라보았다
시간은 숫자가 아니라
나아가는 진행이다
어느 날은 빠르게 지나가고
어떤 날은 삼보일배의 더딘 걸음으로 가고
종종 시계를 보며 맥박을 잰다
빠르게 뛰는
혈관의 운동을 본다
가끔은 박혀 있는 못을 생각하느라
매달려 있는 시간을 지나친다
교수형에 처한 짙푸른 목덜미가 저럴까

시곗바늘이 칼날로 돌아가는 지금은
깜깜한 1시
두려움이 밝아지기까지
아직도 멀다

조선왕조실록에 첨가함

1781년 정조 5년 윤5월 4일 실록에는 호랑이가 사람을 물자 근처의 나무를 쳐내게 했다는 기록이 있다

서쪽 성 밖에서 호랑이가 사람을 물었다는 것으로 한성부에서 아뢰니, 하교하기를,

"수십 년 동안 도성都城 안팎에 호랑이의 발자국이 곳곳에 늘 있어 왔다. 서부西部의 자내字內에는 두 개의 묘소墓所가 있는데, 해내垓內의 금송禁松이 절로 무성한 숲을 이루고 있다. 연전에 예조 당상堂上을 보내어 자세히 살펴보게 한 뒤에 대략 소나무 가지를 쳐내게 하였으나, 그 뒤에 반드시 다시 전처럼 되었을 것이다. 나무가 울창한 것이 이렇게 계속되면, 도성에서 아주 가까운 곳의 문을 어찌 잠그지 않을 수 있겠는가? 또 사람도 장차 다니지 못하게 될 것이니, 이 점이 내가 매번 우려하는 것이다. 해조該曹에서는 가까운 시일 안에 자세히 살펴서 품처하

게 하라. 어찌 서교西郊만이 그러하겠는가? 근년 이
래 동쪽 성 밖에도 봉축封築한 뒤로는 또 더욱 극심
하여졌을 것이다. 초봄 알릉謁陵하는 길에 홍살문 앞
좌우에 각각 한 줄로 나무를 심는 이외에는 모두 금
양禁養하지 말게 함으로써 행로行路의 폐단을 덜게
하였으니, 이를 해조에 신칙하라."

하였다.*

사족처럼 달기를
호랑이의 집은 숲이건대
나무를 자르면
오히려 호랑이의 안타까움과 분노가
더욱 커질 것이옵니다

* 국사편찬위원회의 조선왕조실록 번역 인용

멀어지는 손들

횡단보도 건너면서
건네받은 전단지 한 장
칼국숫집 개업이거나
남다른 복음을 전하는 허튼 정성이거나
뿌리치지 않고 받아주는 일이
노동의 시간을 단축하는 책임감이라고
섣부른 주문을 건다
점심밥을 먹고 난 뒤
먼지 내려앉은 공원 벤치에 깔고 앉는다
개업한 지 하루 만에
이름을 엉덩이로 깔아뭉개는 게 미안하지만
세탁해 입은 지 이틀밖에 되지 않아
손에 든 커피 한 잔이 편안한 얇은 방석

점심시간이 지나도
전단지를 나눠주는
할머니의 가방은 좀처럼 가벼워지지 않는다
다가갈수록 멀어지는 손들이

불안한 점멸의 신호등을 가리키고 있다

잠들고 싶어

침대에 누워
잠을 자려고 하는데
천장에 붙어 있는 전등이 내려다보며
나도 잠들고 싶어
눈을 감아도 눈꺼풀을 뚫고 들어오는
희미한 불빛이
눈동자를 간지럽히며
나도 잠들고 싶어
쏟아지는 졸음이 깰까
일어나지 못하고
손을 뻗어도 닿을 수 없는 스위치가
나도 잠들고 싶어
뒤척이며 잠을 불러오는데
흔들려 졸음이 달아난다는 침대는
나도 잠들고 싶어
잠든 나를 빼고
모두는
불면의 밤을 보내며

나를 지켜보고 있다
어둡지 않은 밤이다

침침하다

침침하다
가끔은 겹쳐 보이고
흐릿흐릿
숫자가 6인지 5인지
선명하지 않아
돋보기를 찾는다
미간을 좁히며
바라보는 게시판 벽보에서
디딤돌 같은 미음 받침이
힘겨워 보이거나
탈락한 받침들이 아우성거리면
문자를 깨친
반세기의 세월이 소란스럽다
어느새 까마득한 저편이 되었는데
허겁지겁 인공눈물을 찾거나
걸쳐 쓴 돋보기를 올린다
안과에서 인공눈물 한 박스 들고 나오면
무심코 식탁 다리에 발목을 부딪친 눈물을

견딜 수 있는 위안이지만
건조한 것은 눈이 아니라
메말라 갈라진
갈증의 응시다

잎이 서운해서 하는 말은 아니고

이십오 년째 벚꽃을 피우는 나무가 사람들이 몰
려드는 바람에 잠시 정신이 혼미했다가 정신을 차린
뒤 바리톤의 저음으로 한마디 한다

열흘 붉은 꽃을 보며
환호하는 사람들이
늦가을까지 붙어 있는 잎을 보며
열광한 적이 있느냐
꽃 진 자리를 지나치는 걸음이
유혹은 항상 꽃처럼 시든다는 걸
금세 잊어버리는 이유는 무엇이냐
지워져가는 생이 얼마나 서글픈지
잎 진 자리를 보며 통곡하던 날들을
왜 그리 일찍 잊었느냐
분명
서운해서 하는 말은 아니다

소멸

멸치를 다듬다가
소멸이라는 말을 중얼거렸다
대가리를 떼어내며
소멸이라는 말을 외쳤다
벽을 맞고 돌아온 소멸의 메아리가
뒤통수를 쳤다
배를 갈라 똥을 꺼내며
소멸을 방백의 대사처럼 중얼거렸다
바구니에 담겨 있는 멸치들이
일제히 일어나
스스로 목을 베고
할복을 하며
소멸의 세상을 보여 주었다

4월의 눈

두툼한 외투를 세탁소에 맡기고
겨울잠에서 깨어났다
뱃살을 줄여볼 마음으로 아침 일찍
동네 한 바퀴를 여러 바퀴로 늘려
경보 선수의 속보로 집을 나서는데
4월의 눈이 숨을 고르며 앉아 있었다

다시 집에 들어가 옷장을 들춰보니
겨울옷은 긴 잠에 들어갔고
혹시나 남겨두었던 오리털 점퍼는
깔끔한 목욕을 위해 세탁소로 떠난 뒤였다
뒤늦게 찾은 4월의 눈은
서둘러 핀 꽃과 눈을 마주치고 있었다

꽃 한번 보지 못했다며
평생 꽃구경 한번 못 하고 사라지는 게 서글프다며
눈은 한발 늦은 세상에 내려와
빠른 입맞춤을 나눈다

눈 내리는 날에 쌓이고 싶지 않은 눈은
평생의 소원으로 꽃잎에 스미는 중이다

하루살이 잡기

액자에 갇혀 있는 풍경을 자유롭게 하려고
창문을 열었다
정물화의 모델로 자세를 취하던
나무와
새와
낮게 내려앉은 구름이
방 안으로 일제히 몰려온다
하루살이 여러 마리
몇 날 더 살아보려고
바람에 실려 들어왔지만
나는
충전 가득한
전기모기채를 휘둘러
단숨에 숨을 끊어버리는
분별없는 놈이 된다
하루 이틀 더
살아보려고 했는데
용납되지 않는

고품격 풍경 사이로

무분별한 난도질만 횡행한다

새벽 풍경

눈을 뜨면 네 시 오십 분
혹은 다섯 시
창문 밖 숲을 본다
침대에 누워 있으면
여러 개의 나뭇가지들이 보이고
앉아서 쳐다보면
오래된 몸통이 보이고
서 있으면
뿌리를 덮고 있는
풀들이 얽혀 있다
새벽에 일어나는 몸동작에 따라
하나의 풍경은
두 개가 되고
두 개의 풍경은
세 개의 시간이 된다
네 개의 풍경은
해가 뜬 6시 40분 위에
걸쳐 있고

옷을 걸치지 않은 몸은
저잣거리의
구경거리가 되었다

신음

한숨인지
신음呻吟인지
경계가 모호하게
읊조린다
고통의 탄식인지
회한의 시간인지
읊조리는 소리가 사람들 틈으로
새어 나간다
무릎과 허리는 만날 수 없지만
서로를 격려하며
신음이
화음이 되어가는 몸
지하철 경로석에서 일어나는 사람들은
말보다
신음으로 묻고 대답하는데
전염성이 강한 신음은
1호선 시청역에서 내려
빠르게 환승한다

이별의 시대가 고독해서

ㅎㅎ

ㅋㅋ

ㅇㅇ

ㅜㅜ

ㅠㅠ

ㅂㄱ

자음과 모음이 이별하면서
추상의 시대로 접어들었다
걸음이 서툰
좀비가 등장하기 시작됐다
신인류의 문자 출몰 이후
고령자의 문맹률은 높아졌고
이별과
슬픔은
상처와
아픔은
사랑과
정열은

감염병처럼 번지는
시대의 고독이 되었다

불에 타거나 바다를 이루거나 움찔 신호 등에 반응하는 일

김병호(시인)

1.

시집의 뒤편에는 보통 평론가나 다른 시인이 쓴 글이 따라붙는다. 이제 아무도 의심하지 않는 전통 같은 것이 된 이 관례를 누구는 해설이라고 하고 누구는 발문이라고 부른다. 해설解說, 말 그대로 시를 풀어서 알기 쉽게 설명해주는 참 친절한 글이다. 이런 글이 있는 탓에 시는 해설이라는 목발이 필요한 장애의 장르일지도 모른다는 생각이 들기도 한다. 강제로 소지품을 확인하려는 전경에게 달랑 시집 한 권만 든 가방을 내밀고는 복수했다는 기분을 느꼈던 참 소심했던 시절, 사실 그 얇은 한 권의 무게도 감당할 수 없었던 빈약한 문학적 자존을 평계로 시보다도 해설을 더 탐독하기도 했다. 시집 한 권을 골라 호기롭게 계산을 마치고는 종로서적 4층에서 1층에 내려서기도 전에 눈길은 이미 해설에 투항하는 경우가 많았다. 그러니까 『수학의 정석』을 펼치고 진도 나가는 자세로 시를 대하던 그때, 해설은 시의 정답이었다. 쪽팔릴지언정 그렇게 생각했다. 그마저도 헤어지자는 애인의 에두르는 중얼거림처럼 알아먹을 길이 없었다.

발문跋文은 '책 끝에 본문 내용의 대강이나 발간 경위에 관계된 사항을 간략하게 적은 글'이라고 사전은 말한다. 시의 내용을 '대강' 적은 글은 존재할 수 없는 것(시 자체가 세계와 인간에 대해 최대한 대강 적은 글이기에)이고 '발간 경위에 관계된 사항'은 그리 알고 싶지 않은 일이기는 하나, 발문이라고 이름을 단 글은 대개 시인을 잘 아는 필자가 시인과의 인연을 바탕으로 온갖 기이한 일화를 풀어놓는 이야기 글이기에, 재미는 해설보다 몇 곱 위였다.

아마도 시험공부 하는 자세로 시를 대했으나 시 또한 시험처럼 절망만을 안겨주는 먼 노을 같은 것이라는 사실을 느꼈던 때부터이거나, 청춘의 몇 년, 문학적 망각의 시간을 거치면서부터였을 것이다. 시집을 손에 들어도 뒤편의 글은 도통 펼치지 않게 되었다. 해답이 궁금하지 않을 만큼 문학적으로 철이 들었던지 아니면 시험 자체에 흥미를 잃었나 보다. 그러나 지금은 나도 읽지 않는 시집의 부속글을 쓰기 위해 앉아 있는 모순의 순간을 맞고 있다. 그것도 몇 번째.

모순의 글, 초입에 늘어놓는 이 긴 사설은 내 안에서 꿈틀거리는 심통의 목소리를 따라 시 읽는 새로운 방법 하나를 제안하기 위해서이다. 시를 오래 읽고 써

온 사람들에게는 별 새로운 일도 아닐 터이지만 어차피 안 읽힐 글 뭐, 쓰는 놈이나 재미 좀 보자는 하찮은 잇속이다.

시를 읽고 느끼는 방법은, 세상을 대하는 자세와 같은 것이기에 시를 읽는 사람의 숫자만큼 많다. 시를 읽는 일은, 시와 시를 대하는 사람을 용접하듯 이어 붙이는 화학적 작용이기에 단 하나도 이전의 것과 똑같지 않으며 그 결과물로 만들어진 정서 또한 같을 수 없다. 그러나 우리는 대략 큰 줄기 몇으로 뭉뚱그릴 수는 있다.

어떤 이는 '시학의 정석'을 대하듯 누군가 지정한 답(그러나 정답은 아닌)을 찾아 각 비유와 상징이 가르치는 한 점을 수색하고, 시집을 외투에 넣고 다님으로써 육체적 접촉만으로 시의 느낌을 따라가는 사람도 있으며, 시집을 펴 얼굴을 덮고 잠을 청하는 과정에서 호흡만으로 시를 읽어내기도 한다. 또는 시중의 명성을 따라 시인을 선택하고 그에 집중함으로 시중의 길을 확고히 하는 독법도 있으며, 시를 소리 내어 읽어 리듬에 실리는 감각을 따라가기도 하고, 또박또박 옮겨 적으며 손으로 시를 재탄생시키기도 한다. (이 시집에 실린 시에도 있듯) 냄비받침으로 활용해 시의 내구성과 내열성을 확인하는 사람도 있고, 어떤

이는 팔뚝에 난 솜털을 수용체로 가을 첫 번째 바람의 떨림을 감식하듯 눈을 감고 시를 대하기도 하며, 누구는 동짓날 온몸으로 팥죽을 느끼는 일처럼 시를 먹기도 한다. 그중, 그러니까 별것 아닌 이 제안은 이렇다. 시집 안에서 꿈틀대고 있는 시를 읽으면서 살아 숨 쉬는 시인 한 사람을 온전히 조립해보자는 것이다. 사람은 수많은 조건으로 이루어진다. 머리카락의 색깔과 숱의 밀도가 다르고 이마의 면적도 사람마다 고유한 것이다(물론 끊임없이 변화한다). 족저근막염이 있어 걷는 일이 고역인 경우도 있고, 한쪽 발목이 조금 틀어져 걷다 보면 왼쪽으로 휘는 궤적을 가진 이도 있으며 그 반대도 있다(정치적 성향을 말하는 것은 절대 아니다.). 코의 높이와 콧구멍의 비대칭 정도(다행히 이 출판사의 시인선에는 사진이 없다.), 첫사랑과 너무 비슷한 사람을 만났을 때 당황하는 상황 따위를 추적해보자는 것이다.

그런 추적의 결과물로 드러난 한 사람의 형상, 그러니까 시를 근거로 새로이 조립한 한 사람의 외적, 내적 모습이 실재하는 물리적 시인(정덕재)과 비슷할 수도 있고 완전히 다를 수도 있다. 얼추 비슷한 답(절대 답이 아닌)을 맞췄다 해서 올바른 것도, 완전히 다르다고 해서 그른 것도 아니다. 이들 모두는 시를 근거로 갈 수 있는 하나의 과정이며 시의 이미지가 사는 가상공간에 존재하는 엄연한 주체들이다. 정답이 있는 것은 시의 정의에 어긋난다는 믿음으로 그냥 시작한다.

2.

먼저 나이나 외모와 같이 가장 즉물적인 신상을 헤아려보기로 한다. 이 시집을 관통하는 시적 화자이자 우리가 추측하는 시인이 50대의 남성이라는 사실을 알아채는 일은 어렵지 않다. "찔끔 새어 나오는/전립선의 50대는/죄짓고는 살아도/비밀번호 모르고는 살 수 없는 법"에서 중년을 관통하면서 점점 축축해지는 시대적 소외와 육체적 쇠락의 서글픔 대신 우리는 화자의 나이를 듣고 전립선이라는 신체 기관을 가진 생체의 성별을 확인한다. 또 "머리카락이 추풍낙엽의 시대를 맞으면서/수염을 기르기 시작했다"에서 그의 얼굴을 대략 짐작할 수 있다. 조금 넓은 이마와 수염을 가진 중년의 남자. 그는 "시선의 합리적 분배"와 "상악과 하악의 관상을 위해" 거울을 보며 "날마다/머리를 쓰다듬기 전에/수염을 어루만진다." 이런 남자를 향해 깔끔한 겉모습과 주변을 정갈하게 관리하는 습관이 있으리라는 추측은 무리가 아니다. 일단 이렇다고 가정하자. 그렇다면 수염을 기를 수 있을까? 중년 남자의 수염 대부분은 상황이 허락하는 한까지 방치한 결과물이다. 방치가 아닌 수염을 기르는 일은 정원 안의 생명을 관리하듯 매일 다듬어가며 전체적인 형상을 만들어가는 일이기에 충동적으로 시작해서는 지속할 수 없는 일 중 하나이다. 따라서 수염족에게 수염이 가진 형태나 느낌에 대한 디테일은 필수이며, 시에서처럼 턱수염을 기르는지 콧수염을 가꾸는지조차 특정하지 않는 일은 있을 수 없다. 이런 상황으로 미루어보건대 현재 그의 하악에서 시선의 균형을 맞추고 있는 거뭇한 수염은 찾아보기 어려울 것이라고 단정한다.

"멸치를 다듬다가/소멸이라는 말을 중얼거렸다/대가리를 떼어내며/소멸이라는 말을 외쳤다." 멸치를 다듬다 불쑥 소멸이 튀어나온 배경은 거창하거나 깊은 사유가 아니다(물론 내 생각). 시가 현실에 착상하는 상황 중 많은 경우는 자유연상이나 말장난에서 출발한다. 끝말잇기 같은 것이다. 이 두 단어는 그 뜻과 상관없이 '멸'이라는 발음을 공유한다. 우리 생각은 원칙 없이 튀고 그렇게 침 튄 자리에서 의미는 발생한다, 나중에. '멸'이 입에 걸리자 '소멸'이라는 소리가 튀어나왔고 이후 그 의미가 불쑥 떠올라 앙금처럼 내려앉는다. 더욱이 중년의 나이는 이 단어를 그냥 지나치지 못한다. 바닥을 드러내는 세월에 대한 환치이기 때문이다. 그나저나 왜 멸치일까? 소재를 선택하는 과정은 무의식의 발걸음이다. 그는 큰 체구를 가진 사람은 분명 아니다.

우리는 또 다른 소멸의 장면을 만난다. "눈 내리는 날에 쌓이고 싶지 않은 눈은/평생의 소원으로 꽃잎에 스미는 중이다." 눈인들 왜 꽃구경을 마다하겠는가? 쌓이지 못하고 땅에 닿기도 전에 흔적 없이 사라질 각오 없이 어찌 꽃 피는 4월의 눈으로 한 생을 걸겠는가? 소멸을 마주할 각오 없이 어찌 한 사람은 한 생이라는 한 상을 덥석 받았겠는가? 분명 그는 싸득싸득 소멸을 담아내는 먼 초점거리의 눈(노안)을 가졌거나 멸치의 똥을 발라내기 좋은 작은 손을 가졌을 것이라는 상상은 자연스럽다. 쿰쿰한 멸치 냄새가 잘 가시지 않는 무른 피부 또한 그의 것이리라.

다음, 그의 취향을 찾는 발걸음에 피할 수 없이 막아서는 것이 있다. 술이다. 그렇다고 무지막지한 막술은 아니나 시에 등장하는 단일 업종으로 술만큼 자주 등장하는 것도 없다. 구체적으로 술 주변의 것들이 자주 출몰한다. "보스턴오뎅"도 엄사리 주변의 술집이고 부여 출신 서독안경점 주인의 이빨이 흔들리게 되는 사고를 당한 조개구이집도 응당 술을 마시는 공간이다. 전립선이 긴장하는 곳도 번호라는 비밀을 가진 술집 화장실이고, "금주인간"이 되어서야 "세상에 술 마시는 사람과 술 마시지 않는/두 종류의 인간이 있으나/적어도 술집 주인에게/진정한 사람은 음주인간이다"라는 깨달음을 얻는다. "12월 23일부터 31일 사이에/술 마시기 가장 좋은 날을 고르라면/나는 23일이지"라고 수많은 고민의 산을 넘어 공표했지만 23일이 가진 음주 편의성을 누리기 위해 다른 날에도 다소 불편을 감수하면서 술을 마셨을 것이다. 그래서 매 순간 술잔을 미뤄야 할 것과 미루지 말아야 할 것의 바로미터로 활용하는 그의 시적 언사는 그가 애주가임을 애써 감추지 못하는 엉성한 퀴즈 같은 것이다. 그러면 이제 "지난밤의 술자리를 복기하며" 콩나물국밥의 "뜨거운 국물을 식히고 있는" 나 홀로 술꾼이 옆 테이블에서 넘어오는 소리에 귀 기울일 수밖에 없는 스산한 새벽 같은 것은 무시하자. "한 손에는 술병을/다른 한 손으로 여자의 손을 잡은 남자는/식기 전에 밥을 먹으라고 말"하는 장면을 바라보며 혼자 국물을 뜨는 일 따위는 무시해야 한다. "간밤에 나는 악인이었을지도 모른다"는 회한 같은 것은 잊어야 한다.

그 또한 자신의 상처는 감추지 못한다. 그것은 눈

밑에 대각으로 패인 위압적인 흉터가 아니라 "금주인간"으로 통과해야 했던 시간의 경험, 그러니까 술을 멀리하며 몸을 추슬렀던 기간을 말한다. 금주인간과 음주인간은 분명 동일인이나 시간으로 분리되어 어제의 음주인간이 오늘의 금주인간이고 다시 "진정한 사람"인 음주인간으로 돌아가고 싶어 한다. 그 원인은 이상신호를 보내는 몸이었을 터, 그러나 금주인간으로서 "혼자 드는 술잔에 고독이 헤엄"친다거나 "절망의 깊이를 알 수 없어 술병을 들여다본다"는 정서적 장난을 곱씹으며 "음주는 존재의 설득과 관용"이라는 평계를 발명하기도 한다.

그에게 상처의 기간이 가진 무게는 장난스럽게만 돌아볼 것은 아니다. 중년이기 때문이다. "저녁에 퇴근하자마자/아침에 어디에 두었는지 알 수 없는/혈압계를 찾"으며 "격정의 피를/달래면 달랠수록/고름의 피는 썩어간다"고 느낀다. 다음 순간 "심장은 요동치며" "살아 있는 모두가 환자"라고 소리 지른다. 이런 느낌은 위악일까? "밥을 먹으면/배가 부른 게 아니라 턱이 아프"고 자신이 쓴 시가 "동맥경화에 걸린 문장과/고지혈증에 걸린 낱말과/분노수치가 높아지는 고혈압의 수식어"로 다가온다면, 자신의 삶이 "지병과 같은 악행이 거듭되고 있다는 걸/나만 모르고 있었다"고 두런거린다면 어디든 대고 비명이라도 질러야 할 상황이다. 이런 때 우리는 무엇을 할 수 있을까? 질문을 던지고 나서 그는 "스물두 살 아들에게 수시로 유언장을 써서/이메일을 보낸다/……/하지 마라와/해라의 비율을 적절히 섞으며", 사는 일에는 이런 답도 있다.

좀 무거웠다. 이제 그의 성격을 말하는 흔적들을 따라가 보려 한다. 그러나,

"바른 자세로 앉으면 불편하다/삐딱한 자세로 앉으면 편안하다" 이 구절을 만나는 순간 이후의 모든 언사는 사족이다. 끝!

~내려다 사족도 엄연히 세상을 구성하는 일원이라는 원성에 따라 "삐딱"을 넘어 조금 더 따라간다. "장례식장에서 육개장을 먹으며", "산 사람은 살아야 한다고/말하면/죽은 사람은 죽어야 하느냐"라고 중얼거리는 사람이 있다면 '삐딱'을 넘어 '삐까(삐딱하고 까칠한)'의 경지이다. 그는 분명 이럴 것이다. 이런 사람에게 '예민'은 투명테이프로 꽁꽁 묶여 떨어지지 않는 덤과 같은 것이다. "잠든 나를 빼고/모두는/불면의 밤을 보내며/나를 지켜보고 있다/어둡지 않은 밤이다." 불면에 대한 참으로 지독한 반어이다. "입에 대는 촉감이/컵마다 달라/입술에 맞는 컵을 찾는다." 이 분야(예

민함)에 세계대회가 있다면 국가대표로 강력하게 추천할 만한 경기력이다. "휴대용 계면활성제를 가지고 다닐 일이다/사랑은 늘 화학적이라서." 계면활성제는 다름 아닌 비누이다. 이것은 "물과 기름 사이를/한 몸으로 만"든다. 그래서 시인은 "오지 않는 그대와/기다리는 나 사이"를 섞어줄 거라 기대하고 있지만 사실 우리는 계면활성제를 물과 기름(단백질)을 녹여 섞은 후 씻어내려는 목적으로 사용한다. 그가 가진 청결에 대한 집념은 무의식 수준에서 발현되는 것이어서 사랑도 깨끗해야 한다고 믿는 듯하다.

그의 성격에서 빼놓을 수 없는 것이 남았다. 그것을 생각의 ADHD라고 해도 괜찮을까? 말을 만들어보자면 '후천성생각과잉이동증' 정도? 시에 기대어 보면 그는 외향적 성격을 가진 이는 아니며 활동성이 강한 사람과도 거리가 있다. 오히려 정적으로 보일 만큼 움직임이 많지 않다. 그러나 그의 생각은 어디로 튈지 모를 뿐, 반드시 튄다. 반드시 튀되 오래 머물지 않고 혹, 자리를 뜬다. 신출귀몰보다는 동번서쩍이라는 말이 더 어울리는 이 움직임은 먼 산을 바라며 가만히 앉아 있는 그의 눈동자를 세밀하게 들여다볼 기회가 있다면 확인할 수 있을 것이다. 십중구십 미세하게 흔들리고 있을 그의 초점에서 자기 생각의 거처를 쫓

느라 여념 없는 스스로를 발견하고는, 화들짝 놀라는 모습을 발견할지 모른다. 이런 예는 시편들 안에 흔하다.

 "유동리 변두리 술집", "보스턴오뎅"에 그는 앉아 있다. 그의 생각은 오뎅집에서 이내 진짜 보스턴으로 날아가고 그 먼 땅을 연고로 가진 야구팀인 레드삭스를 호출해낸 뒤 1920년대 활동했던 전설적인 타자 베이브 루스를 등장시킨다. 그리고 그가 "오뎅을 먹을 때/간장을 찍어 먹었는지/그냥 먹었는지 궁금해"하다가 다시 오뎅의 명당인 부산으로 날아와 "근대의 맛"이라는 결론에 둥지를 튼다. "서독안경점의 주인"은 "부여 출신의 박광식 씨"이다. 그는 "서울내과 옆/강남성형외과 아래"에 있고 "시카고치과"로 간다. 서독이라는 제목은 통일된 독일을 생각하면 너무 철이 지났으며 동독 출신을 고려하지 않은 이름이고, 부여라는 지명을 떠올리다가 백제로 규모를 늘렸고, 신라 출신에 대한 차별의 가능성을 언급하는가 싶더니 고구려를 거쳐 통일 조국에 이른다.

 이리저리 튀는 행간에서 그가 사회를 바라보는 방식도 찾아볼 수 있다. 탈모와 발모에 관한 이야기이기는 하나 시집의 초반에 만나는 제목인 "분배의 정의"를 넘어서면 "사랑"은 "구르는 받침이 어디론가 사라

져/사라/사라/팔고 사는/자본의 사랑"으로 정체를
드러낸다. 주민세 고지서 앞에서 "존재가/세금이" 되
고 자본가들에게는 "존재가/소비"로밖에 가치를 가
지지 못하는 우리 사회는 어쩌면 "바람을 그리워하는
잎과/바람이 비껴가기를 바라는 잎이/한 가지에 매달
려……/톱질을 기다"리는 나무로 읽히기도 한다. 그
안에서 "바람의 방향조차 가리키지 못하고/수직의 시
간 속에서/겨울을 떨며 지"내는 우리의 "걱정도 깊다"
"양반 체면에/뽕이라는 말을 올리는 입이 부끄럽다는
무리들이/세상 가득 득세"했기 때문이다. 그래서 숲
은 꾸지뽕 열매의 "울퉁불퉁 맺힌 분노"로 붉게 물들
고 시어詩語는 사라진다. 그 자리에서 "억압은 권력의
뿌리"였고 "소외는 우월적 현실의 지붕"일 뿐이며 "상
실은 한주먹도 담을 수 없는 해진 주머니"이기에 "사
랑과/정열은/감염병처럼 번지는/시대의 고독이 되었
다." 이런 인식은 그의 웅크린 가슴의 팔 할을 분노로
채우기에 충분했을 것이다.

이 맥락을 타고 30여 년 전부터 전설처럼 떠도는 얘
기 하나를 소개한다. 그 시절 어느 대학 안에는 이승
만의 동상이 보란 듯 서 있었다. 그런데 뜻하잖게 동
상의 목이 부서져 나간 사건이 발생했다고 한다. 강력
한 태풍이 이끌고 온 바람의 소행이라고 전하는 이가

있었고 마른하늘에서 벌떡 일어난 번개가 범인이라는 보도도 있었다. 이유 모를 앙심을 품은 새들이 오랜 시간 자신의 똥으로 표면을 부식시킨 결과라는 추측에 많은 사람이 관심을 가졌으며, 싼값에 대학을 인수하려는 지역 유지가 꾸민 소동극이란 소문도 있었다. 그런데 동상의 목이 부러지던 날 현장 주변에서 하필 그가 목격되었다는 신빙성 없는 전언은 무시하기로 한다.

우리는 시에 기대어 그의 과거도 따라갈 수 있다. "중학교 2학년 때 맨 처음 쓴 시의/첫 줄은 청잣빛 맑은 하늘로 시작했다/……/떠 있는 것과/흘러가는 차이를 알지 못했던 시절"을 지나 "고등학교 문예부원 다섯 명이 간 부여 야유회에서/……/맑은 소주 몇 잔을 나누는 동안/……/40년 세월 속에서/돌은 따뜻해졌고/가슴은 식었다", 그러나 식은 것은 한때 뜨거웠던 기억을 가지고 있다. "닦지 않은 액자처럼/뿌연 유리창 속에/그녀"를 발견하고 "깊은 멀미로 남아/떠나는 버스"에서 두 번째 사랑을 떠올리고는 "모든 사랑은 첫사랑이기에" 빛나고 있다고 회상한다. 분명 중년이어서 그럴 것이다. 아마도 그는 이즈음 "낡은/중년의 모자"가 된 연애시를 다시 찾은 것 같다. "내 안에 당신이 없고/당신 안에 내가 없어/우리의 사랑은/항

상 어긋나는 골목의 숨바꼭질이다"와 같이 통속과 아
픔의 경계에서 발생한 구절은 몇몇 가슴에 꽂혀 오래
회자될 운명으로 세상에 떨어졌으리라. "사랑이 글로
쓰인다면/사랑은 머무르지 않지" 이렇게 불립문자 같
은 사랑이었기에, 사랑이라고 불리었기에 세상에 떨
어졌으리라.

3.

떨까요
말이 끝나기 전에 뛰는 사람 1은 살았고
신발 끈을 매려고 허리를 숙였다가
다시 뛴 사람 2는
트럭에 부딪혀 십오 미터 전방에 떨어져 죽었다

떨까요
말을 하면서 먼저 뛰는 사람 3은 살았고
비가 와도 뛰지 않은 사람 4는
빗길에 미끄러진 수입차와 충돌해
공중을 한 바퀴 돈 다음 피를 흘렸다

떨까요 말까요

결정장애로

머뭇거린 사람 5가

건너편에서 뛰어오던 중

자동차를 포옹하는 사람 6을 목격했다

3초 사이에 여럿이 죽는다

점심상을 마주 보며 먹던 직전의 사이가

도로에서 부서지고

길을 건너간 뒤라

죽는 사람을 보지 못하고 길을 걷는 이도 있

다

—「시골 읍내에서 횡단보도 신호 바뀌기 3초 전」

전문

그는 시골 읍내 작은 식당에 앉아 있다. 세월의 때
가 낀 유리 너머에는 바깥세상이 있다. 저만치에 있는
것은 산유화만이 아니다. 저만치 있는 세상은 사람들
이 뛸까 말까 고민하며 움찔거려야 하는 신호등이다.
순간의 판단은 생사를 가른다. 사람 1, 3, 5는 살고, 사
람 2, 4, 6은 치명적인 사고를 당한다. 여기가 아닌 저

만치 바깥세상에서 일어나는 일이다. 일어나는 일이라기보다는 일어날 수 있는 사건들을 재조립해보는 사고실험思考實驗에 가깝다.

현실은 원래 야만이었다. 잡아먹지 못하면 먹혀야 하는, 별반 다를 것 없는 선택지에서 출발한 것이 현실이다. 작은 화톳불 바깥, 견고한 어둠은 바로 야만이었다. 그리고 현실은 지금도 야만이다. 우리 안에서 꿈틀거리는 원초적 공포는 그런 현실을 토양으로 자란 것이며 우리 몸 구석구석에서 지워지지 않는 현실과의 불화는 공포를 땐 아궁이에서 나오는 연기 같은 것이다. 그래서 불화는 당연한 것이며, 그래서 우리는 저만치를 시뮬레이션한다.

이 시뮬레이션에는 심지어 바로 전 함께 밥을 먹던 사람까지 참여한다. 이제 중요한 것은 여기에서 바깥까지 거리이다. 이 거리, 거리감은 단순히 떨어지려는 본능이 아니라 시뮬레이션을 하려면 반드시 필요한 장비이다. 이 거리감 때문에 신호등이 행사하는 야만적인 폭력을 우리는 남의 일처럼 가볍게 읽어 넘길 수 있고, 움찔거릴 수밖에 없는 지질함을 우리 것이 아닌 우리 은유체의 것으로 치부하고 불편하게나마 웃을 수 있다.

이 불편함도, 거리감도, 소심함도, 조금 치사한 웃

음마저도 모두 시를 이루는 요소이다. 시야말로 시뮬레이션이기 때문이다.

4.

탐정이 단서를 통해 사건의 윤곽을 그려나가듯 오로지 시를 통해 사람 하나를 추측하자는 이 제안은 시를 쓴 이에게는 적잖은 배신으로 다가갈 수 있다. 이 글의 청탁은 누구보다도 시를 적극적으로 읽어달라는 부탁이기 때문이다. 또한 이 글의 첫 독자는 다름 아닌 시인이며 가장 관심을 가지고 읽는 이도 시인이다. 정확하게 자신을 향하는 글이기 때문이다. 그럼에도 이렇게 슬쩍 엇나간 이유는 시인이 소리와 그림, 느낌과 생각으로 만들어낸 시적 현실이 독자들에게 어떻게 다가가는지를 거꾸로 추적하는 일이기에 그리 가볍기만 한 시도는 아니라는 생각 탓이기도 하다. 혹여 마음 상한 이가 있다면 "유동리 보스턴오뎅"으로 모시겠다.

마지막으로 기적적 일화 하나를 소개한다.

가까운 도시에서 행사가 있어 집을 나서면서 무슨 개폼이 발동했는지 시집의 원고 뭉치를 카메라 가방에 쩔렀다. 버스 안에서는 그냥 잤다. 밖은 덥고 버스는 나를 흔들었고 원고를 읽는 대신 나는 꿈속으로 자맥질만 반복했다. 행사장은 지하였고 테이블 위에는 빵이 있었다. 나는 먹을 게 있으면 무조건 먹는다. 두어 개의 빵을 입에 밀어 넣고 카메라를 꺼내기 위해 원고 뭉치를 테이블 위에 놓았다. 입에서 새어 나오려는 빵을 손으로 다시 밀어 넣으며 카메라를 들고 일어났다. 살짝 높은 양반들이 이야기를 하는 시간임에도 등 뒤가 소란스러웠다. 돌아보니, 행사를 진행하는 젊은 남자 하나가 내 원고 뭉치(그러니까 이 시집의 원고)를 바닥에 팽개치고 연신 발로 밟고 있는 것 아닌가? 유사 이래 본 적 없는 무례였다. 어떻게 응징해야 할지 잠깐 생각하는 사이, 같은 테이블에 있던 대여섯이 나를 보며 웃는다. 영문을 찾는 내 어리둥절한 표정 앞에는 촛불이 하나 흔들리고 있었다. 젊은 남자는 자신이 발로 뭉개던 원고 뭉치를 들어 다시 내 손에 쥐여주면서 씨익, 웃었다. 살짝 불에 탄 원고였다.

꿈에서 불을 본 듯도 하고 물을 만진 것 같기도 하다. 이 시편들이 불처럼 타오를지, 물처럼 흘러 넓은 바다를 이룰지, 좋은 속삭임이 되어 얼마나 널리 회자될지 알 수 없지만, 불에 타 구멍이 뚫리고 그을린 종이가 여럿인데도 시를 이루는 글씨는 하나도 타지 않았다는 놀라운 사실을 알린다. 믿거나 말거나.

간밤에 나는 악인이었는지 모른다

2019년 11월 20일 1판 1쇄 펴냄
2020년 3월 9일 1판 2쇄 펴냄

지은이	정덕재
펴낸이	김성규
책임편집	김은경 이계섭
디자인	김동선
펴낸곳	걷는사람
주소	서울 마포구 월드컵로16길 51 서교자이빌 304호
전화	02 323 2602
팩스	02 323 2603
등록	2016년 11월 18일 제25100-2016-000083호

ISBN 979-11-89128-55-5   04810
ISBN 979-11-89128-01-2   (세트)

* 이 책은 충남문화재단의 창작지원금 일부를 지원받아 제작되었습니다.
* 이 책 내용의 전부 또는 일부를 재사용하려면 반드시 지은이와 출판사의 동의를 얻어야 합니다.
* 잘못된 책은 교환해 드립니다.
* 이 책의 국립중앙도서관 출판시도서목록(CIP)은 서지정보유통지원시스템 홈페이지(http://www.seoji.nl.go.kr)와 국가자료공동목록시스템(http://www.nl.go.kr/kolisnet)에서 이용할 수 있습니다. (CIP제어번호:2019043132)